Esta Libro fue donado por

Juntos en Lectura

y

Manteca Noon Rotary
Senior Girl Scout Gold Award Project
2005

LOS NIÑOS
ALFABÉTICOS

por Lourdes Ayala y
Margarita Isona-Rodríguez

ilustrado por
Kathryn Shoemaker

Charlesbridge

A a

Arriba en un árbol de almendras,
Ana, la ardilla, almuerza
mientras su amiga, la abeja,
abajo de hambre se queja.

B b

Benito, el burro, vio el barco de basura
con su bandera ondeando con la brisa.
Le gritó Beatriz bromeando:
¡Este bote va muy aprisa!

C c

Cinco cerditos al circo fueron,
vestían camisas recién compradas.
Muy poco dinero en sus bolsas de cuero
llevaban para comprar las entradas.

CH ch

Con el chico que chapoteaba en un charco,
el chango chaparro quiso charlar:
¡Ponte a mascar un chicle, o chiflar, o cantar,
o en churros con chocolate a pensar!

D d

A Daniel le duelen los dientes.
El dentista le dice: ¡*Sé valiente!*
¿*Demasiados dulces comiste?*
¡*Por eso ahora estás triste!*

E e

El elefante elegante
criticó al espantapájaros:
¡Con la cabeza en las estrellas
siempre estás embelesado!

F f

Fifí, la foca, se fue de fiesta
con flores en la cabeza
y fue feliz porque al llegar
le sirvieron una fuente de frambuesas y fresas.

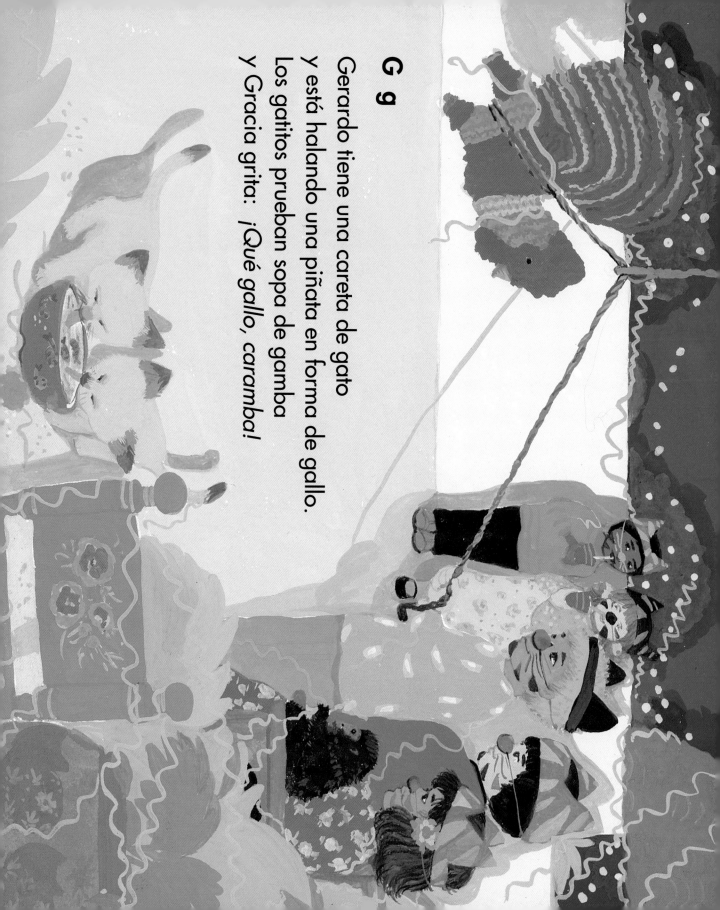

G g

Gerardo tiene una careta de gato
y está halando una piñata en forma de gallo.
Los gatitos prueban sopa de gamba
y Gracia grita: *¡Qué gallo, caramba!*

H h

A las hormigas en la hormiguera
les gusta mucho hablar.
Al hipopótamo le cuentan
historias de viajes al mar.

I i

Isabel, la iguana, tuvo una idea
de irse a pasar el invierno
en una isla bella.
Va con su impermeable y sombrero,
y lleva comida para el mes de enero.

J j

Julia, una joven de Jamaica,
en el jardín de su casa jugaba,
con una jirafa de juguete
que con jabón de limón lavaba.

K k

Katia de Kenia vestida de kakis,
un kilo de kiwis quería comprar,
y para llegar al kiosco,
un kilómetro tuvo que caminar.

L l

Lali y Lola son chicas muy listas,
leen libros, diarios y muchas revistas.
Los lunes temprano, lúcidas despiertan
con lápiz en mano, para la escuela se arreglan.

Ll ll

Millita salió a la calle
y en la calle perdió su llave.
Millita empezó a llorar
porque la llave no pudo hallar.

M m

El mono Miguel Montes
en su moto va montado
para comprarle melones
a su mamá, en el mercado.

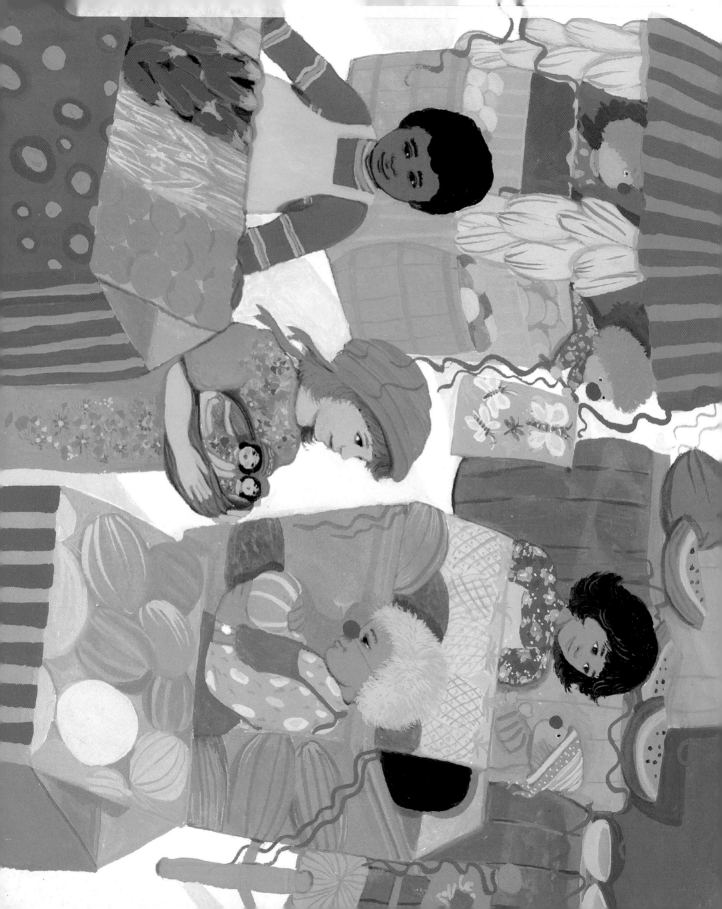

N n

Al niño Nato Nuñez
le gusta mirar las nubes
porque puede ver cosas bellas
como naranjas, nidos y estrellas.

Ñ ñ

La niña de doña Pequeña
va a la montaña a buscar leña.
Ella llega hasta la viña
con jugo de caña y piña.

O o

Omar es un oso muy orgulloso
que toca el órgano de la orquesta.
Con ocho ovejas cantando y bailando,
en el otoño se va de fiesta.

P p

El pato Pascual y
el perro Pavín
celebraron el cumpleaños
de Panchín.
Un pastel se comieron
y todos aplaudieron
cuando los pingüinos
un concierto dieron.

Q q

Al quinto gallo de María
le gustaba siempre cantar
quiquiriquí por el día.
María decía: ¡Qué melodía!
mientras su queso comía.

R r

En el río, la reina Rosita
recoge rosas para su casita.
Sonríen las otras ranitas
al ver las ramitas bonitas.

rr

En un carro del ferrocarril
sentado en un barril,
Ricardo, el burro, muy alegre toca
la guitarra a su amiga la oca.

S s

El señor y la señora Sapo
tienen siete sapitos inteligentes,
que con sus lindos sombreritos
saltan sobre piedras calientes.

T t

Tomás, el toro, toca el tambor
mientras tres tigres
bailan al son.
Tan, tan, tan, ton, ton, ton.
Ellos bailan con tesón.

U u

Marco Uribe es un niño
que juega todo el día
con una urraca y un unicornio
que comen uvas y sandía.

V v

Viola, la vaca vaga,
toca su alegre violín.
Con su música bailan las violetas
que están en el verde jardín.

W w

La W en español
casi no usamos,
pero en nombres como
Washington la necesitamos.

WASHINGTON D.C.
GEORGE WASHINGTON
WILLIAM, WALDO

X x

Máximo, un chico extraordinario,
se hizo el experto de magia del barrio.
Su madre y padre exclamaban muy extrañados
cuando veían los xilófonos elevados.

Y y

Yeyo y Yaya son payasos chistosos
a quienes les gusta pasear en yola.
Yeyo encuentra un yacaré peligroso
y Yaya juega con un yoyo sola.

Z z

Zayda la zorra quería zapatear
y al zapatero llevó sus zapatos a reparar.
El zapatero, cuando los terminó de arreglar,
mandó a Zayda al zoológico a pasear.

Dedicatoria:

Dedicamos este libro a todos los educadores del Distrito 19
que participaron en la adaptación al español de un currículo
de fonética en inglés durante el verano de 1983.

– L.A. & M.I-R.

Text and illustrations © 1995 by Charlesbridge Publishing

Published by Charlesbridge, 85 Main Street, Watertown, MA 02472 • (617) 926-0329
www.charlesbridge.com

Library of Congress Cataloging-in-Publication Data
Ayala, Lourdes, 1952-
Los niños alfabéticos / por Lourdes Ayala y Margarita Isona-Rodríguez; illustrado por Kathryn Shoemaker.
 p.   cm.
ISBN 0-88106-815-2 (softcover)
 1. Spanish language—Alphabet—Juvenile literature.   [1. Spanish language—Alphabet.   2. Alphabet.
 3. Spanish language materials.]   I. Isona-Rodriguez, Margarita, 1936-   II. Shoemaker, Kathryn E., ill.
III. Title.
PC4153.A93   1995
461'.1[E]—dc20   95-6187
                                                                        CIP
                                                                        AC

Printed in Korea
10   9   8   7